湛庐 CHEERS

与最聪明的人共同进化

HERE COMES EVERYBODY

奇妙的人文冒险

뉴턴의 돈 교실

牛顿的铸币局疑案

[韩]李香晏 著
[韩]尹智会 绘
庄曼淳 译

中国纺织出版社有限公司

作者的话

在韩国传统故事中，有两则关于赚钱的有趣故事：《吝啬鬼》和《擅长持家的媳妇》。

《吝啬鬼》在韩国是非常有名的故事。吝啬鬼非常小气，平常习惯把爱惜的东西都带在身上。为了节省菜钱，他把一条黄花鱼吊在天花板上，每天吃饭的时候看一眼黄花鱼就着一口饭吃，甚至不允许自己吃了一口饭却看了黄花鱼两眼。全天下应该找不到比他更抠门儿的小气鬼了。事实上，用这种方式省钱的吝啬鬼，最后真的成了有钱人。

而在《擅长持家的媳妇》这则故事中，主人公成为有钱人的方法与吝啬鬼完全相反。从前，有户贵族为了寻找擅长持家的媳妇，向所有媳妇候选人出了一道题目——让她们用一个月的粮食度过三个月。大部分媳妇候选人为了撑过三个月而尽力节省，一天只吃一顿饭。只有一位媳妇候选人不太一样，她每天都做三顿饭，让自己日日饱餐，于是，粮食没过几天就见底了。难道她打算放弃成为这户贵族的媳妇吗？当然不是！这位媳妇候选人在吃饱后有了力气，就努力织布并贩卖，最后赚到了很多钱，足够买更多个月的粮食。

在两则故事的最后，主人公都成了富翁，只是他们变成有钱人的方法截然不同。没有人可以确定哪个方法是对的，哪个方法是错的，因为我们有不同的处境、不同的时代背景或个人喜好，所以想到的方法自然会不同。

我为什么要提到这两则故事呢？因为本书就是讲述与金钱有关的故事。这是一本帮助我们思考、讨论如何赚钱与花钱的书。书中的主人公力灿，陷入了金钱所引发的烦恼中。在这个过程中，他遇到了名侦探牛顿和大胡子向导，经历了一场特别的旅程。

力灿究竟经历了什么样的旅程？力灿的烦恼又是什么呢？现在就让我们一起进入这个有趣的故事吧！

李香晏

故事人物介绍

力灿的脑中
读书 / 变成有钱人 / 钱

"如果我们家很有钱的话……"

戴着厚厚的眼镜，看起来更胆小了！
"摘下眼镜后，我的眼睛可大了！"

"我没办法跑赢……都是这双旧鞋的错！"

虽然看起来很胆小，但是变身后勇气百倍！
"我一定要抓住查洛纳！"

力灿

他总是为钱而感到烦恼。
某天他进入了大胡子爷爷的人文教室，
和牛顿一同调查犯罪案件……
力灿究竟能不能协助牛顿顺利破案？

范修
他常和一群不良少年混在一块儿，好像计划着让力灿做什么危险的事……究竟是什么事呢？

奇妙的人文教室

牛顿
他到底是科学家还是名侦探？担任人文教室老师的牛顿，据说是铸币局里的名侦探。牛顿正在调查什么呢？

大胡子向导
正常文具店的大胡子爷爷，有一天变成大胡子向导了。活了350多年的大胡子向导，他究竟是谁？

查洛纳
他是英国最臭名昭著的伪币犯，捉拿他的悬赏金额也是最高的。查洛纳最后究竟会有怎样的结局？

目 录

1. 钱！我需要钱！ 1

2. 名侦探牛顿 11

3. 间谍大作战 21

4. 寻找铸模 33

5. 暗号解除　41

6. 查洛纳的结局　51

大胡子爷爷的人文课程

伟大历史人物的小传　62

货币发展小史　68

培养思维能力的人文科学　77

7. 不寻常的一课　57

关于牛顿与货币发展的历史，你了解多少？

扫码激活这本书
获取你的专属福利

扫码获取全部测试题及答案
来奇妙的人文世界一探究竟

- 牛顿在英国铸币局工作时，除了完成本职工作，还顺便抓捕了罪犯，这是真的吗？（　　）

  A. 真

  B. 假

- 原始社会的人会用以下哪种实物作为钱币？（　　）

  A. 盐

  B. 贝壳

  C. 谷物

  D. 以上都是

- 金属钱币与实物货币相比，最明显的优势是？（　　）

  A. 好看

  B. 耐用，不易破损

  C. 重量更轻

  D. 容易制作

扫描左侧二维码查看本书更多测试题

1. 钱！我需要钱！

力灿拖着沉重的脚步走出校门，"力灿！"身后一个熟悉的声音让他停了下来。

是力灿的好友绍希。绍希朝力灿挥着手，和一群同班同学一窝蜂地涌来。

"我们要去吃比萨，你也一起来嘛！"

他们好像要去学校前面新开的那家大型比萨连锁店。那家店最近在力灿班上很受欢迎，他们的烤肉比萨好吃到让人连舌头都想吞下去。每次经过店门口，力灿都会因为烤肉比萨的香味馋得直流口水。

但是，力灿摇摇头："不行！我跟别人有约了，你们去吧。"力灿假装很忙碌，急忙离开。

其实，他并没有其他约会，只是没有钱罢了。

"我也想去吃比萨，但是买比萨的钱要跟其他人一起分摊呀！"

他不想让同学们知道自己的口袋空空如也。

"唉！我也想吃比萨啊……"

伤心的力灿只能不停踢着无辜的地面。

今天，令人伤心的事情接踵而来。体育课跑步比赛的时候，力灿输给了哲秀，他觉得这完全是运动鞋的问题。力灿脚上穿的运动鞋很破旧，容易松脱，哲秀脚上穿的却是最新款的名牌运动鞋。光在运动鞋上，力灿就已经失去了求胜的欲望。

到了美术课，力灿依旧无法发挥自己的实力。一看到同学们拿着从银白色到黑色一应俱全、闪闪发亮的新蜡笔套装，力灿就又消沉了。在力灿老旧的蜡笔中，黑色和蓝色的蜡笔已经用到快要没有可以握住的地方了！力灿不知道用这些蜡笔还能画出什么好作品。

力灿也想和同学们一样，拥有好穿的运动鞋和全新的文具。他也想要最新的智能手机和新潮的笔记本电脑。

但是，力灿非常清楚这是不可能的事，因为他没有钱。力灿的家境并不宽裕。

"如果我是有钱人家的孩子，那不知道该有多好！"

伤心的他，脚步变得更加沉重。

"可恶！这双破烂的鞋子！"力灿开始对鞋子乱发脾气。突然，有人用力地拍了下他的肩膀。

"喂！力灿！"是住在力灿家隔壁的范修。这个哥哥常和一

1. 钱！我需要钱！

些不良少年混在一起。力灿吓了一跳，连忙转过头，范修指着他说："你，是不是需要钱？想赚钱就跟我来！"

居然有可以赚钱的方法？力灿跟在范修后面，脑海里思考着"赚钱"。

"该不会是要我去抢其他同学的钱吧？这可绝对不行啊！"

但是，"想赚钱就跟我来"这句话吸引了力灿。

"只要有钱，我就可以大方地和同学们一起去吃比萨，还可以买名牌球鞋。不仅如此，只要有钱，班上所有同学的目光都会集中在我身上。看看哲秀就知道了，他自从请全班吃汉堡后，马上就成了班上的人气王。"

力灿小跑着跟上去，问道："但是，范修哥到底要用什么方法赚钱呢？"

一直走在前头的范修突然停下脚步，然后举起手，指向一个地方，说道："你看那边。"

他指的地方是正常文具店。正常文具店其实和它的名字相反，一点儿也不正常。那是一间又破又旧，感觉马上就会倒塌的房子。不过，文具店里面应有尽有，无论你想买什么样的文具，那里都能买到，因此每到上学、放学时间，总是被孩子们挤得水泄不通。

"那个地方怎么了？"

"你看那里，大胡子老头儿是不是正在打瞌睡？"

大胡子爷爷是文具店的老板。因为他留着一把长长的胡须，孩子们就给他取了"大胡子老头儿"这个绰号。

范修接着说："看到他旁边那个塑料盒了吗？大胡子老头儿习惯把零钱放在那个塑料盒里。你只要在大胡子老头儿睡觉的时候把钱悄悄拿走，就绝对不会被发现。我先过去帮你把风，你只

1. 钱！我需要钱！

要负责把钱拿出来就好，知道了吗？"

"什么？"力灿大吃一惊。"要我去把钱拿出来？这不是小偷才会做的事吗？"力灿摇了摇头。

但他还是不自觉地跟着范修的脚步前进。

"大胡子老头儿正在打瞌睡，就算我把钱拿走，他也不会知道吧？"力灿偷偷这样想着。

转眼间，范修已经站在文具店前了，他朝力灿比了个手势，要力灿快点过去。

一步、两步……力灿偷偷地朝着文具店的方向移动。

就在这个时候。

"呜呜呼——呼——"不知从哪里刮来的一阵强风，卷起了一片白茫茫的沙尘。

"呸！呸呸！"力灿不断吹气、拨头发，才弄掉脸与头发上的沙尘。

风终于停了。在一片白茫茫中，力灿的视野慢慢地清晰起来。但是，奇怪的事情发生了！

刚刚还在眼前的范修已经不见人影，正常文具店也变得很奇怪，灰色的墙壁变成了淡黄色，原本店里堆满的文具也变成了又破又旧的东西。

力灿再仔细一看，正常文具店的招牌也变得不一样了。

正当力灿愣在原地时，刚才还在打瞌睡的大胡子爷爷突然

1. 钱！我需要钱！

睁开了双眼。

"天啊！"

大吃一惊的力灿想要往后退，大胡子爷爷却开口对他说道："你应该是来买东西的吧？不过，今天这里不卖东西，而是给人上课的地方。"

这话也太莫名其妙了吧！

"上……上什么课？"力灿小心翼翼地问道。

力灿仔细一看，大胡子爷爷的样子变得有点不一样了。长长的胡须变得更长了，眼神也变得很锐利，让人觉得既有些神秘，又有些毛骨悚然。

"这家文具店有时候会变身为人文教室，今天正好是变身的日子。而今天的我也不是平时的文具店老板，每到这个日子，你们可以叫我'大胡子向导'。"

"大……大胡子向导？"

事情似乎变得越来越奇怪。"老爷爷该不会还没睡醒，才一直在说梦话吧？"力灿心想。可他看到文具店的招牌也变了。"奇妙的人文教室？这里明明是正常文具店啊！"

看到力灿充满疑惑的眼睛，大胡子爷爷眼珠子转了转，说："今天的学生就是你呀！一看就知道你正在为钱烦恼。那么，今天的课应该和金钱有关。哎呀！真的好久没有上课了！"

"这话是什么意思？和金钱有关的课？"

大胡子爷爷并没有回答力灿的问题，只是伸出几根手指，接着又说出了惊人的话："这可是久违了350年才再次开启的课程啊！"

"3……350年？"

"没错。那时我在英国，而那天来听我上课的人就是牛顿！"

"你……你说的难道是科学家牛顿吗？是那位看到苹果掉下来，就发现了万有引力定律的科学家牛顿吗？"

1. 钱！我需要钱！

"没错。我们相遇的时候，他才是个20岁左右的学生，后来听说他成了举世闻名的科学家。"

"人文教室是什么？350年前的课堂又是怎么回事？还有，科学家牛顿的老师竟然是大胡子爷爷？"对大胡子爷爷的这些话，力灿一点儿也不相信。

不过，大胡子爷爷却自信满满地大声说道："今天你的老师就由牛顿来担任。"

人文教室的一扇小门突然缓缓打开,力灿惊讶地愣在原地,大胡子爷爷将他一把推入门内。

"快点进去!牛顿老师很忙的!如果你迟到了,他很有可能直接掉头就走。"

大胡子爷爷接着说道:"记住!这扇门不会随便打开。你一定要和牛顿老师成功解决问题!那个时候,门才会再次打开。"

2. 名侦探牛顿

"砰"的一声,门应声关上了。不管力灿怎么扭动门把手,门都紧紧关闭着。房间内一片漆黑,黑暗中还飘来阵阵酸臭味。

"这到底是什么房间啊?"

力灿睁大双眼,想要找出味道的来源。

他在黑暗中摸索,眼前渐渐明亮了起来,房间内也慢慢变得清晰。

"啊!这不是刚才文具店内的房间!"

"嗒嗒嗒嗒!"好像有什么东西正朝他飞奔而来。"嘶——"力灿听到了马的叫声,随即一辆巨大的马车出现在他的眼前。

受到惊吓的力灿连忙躲闪,幸好马车并未撞到他。

"原来这里是街道!"

街道上没有铺柏油,而且地面凹凸不平,到处都有坑洞。街道两旁,一幢幢建筑并排而立,熙熙攘攘的人群不断在建筑间穿梭。

奇妙的人文冒险　牛顿的铸币局疑案

更令人感到惊讶的是走在街道上的人们，他们是有着水蓝色或翠绿色的大眼睛和高挺鼻梁的西方人，衣着也和现代人完全不一样。

眼前的景象，让力灿猜想到他现在应该是来到了和现代世界完全不同的地方。

"一定是有什么地方弄错了！"

2. 名侦探牛顿

就在这个时候。

"小心!"突然,有个人拉住了力灿的手臂,又使劲推了他一把。力灿一下子被拉,又一下子被推,根本弄不清状况,发出了"啊!"的一声惊叫后,跌坐在地。一名中年大叔扶起仍迷迷糊糊的力灿,对他说:"你没事吧?差点就要被马车撞了。走在路上要好好看路!"

力灿这才弄清楚，原来他刚才是站在路中央，没看见正朝着自己冲来的马车。

"这里是什么地方？"

"还会是什么地方？这里是伦敦。"大叔回答道。

"这又是什么意思？伦敦，不就是英国的首都吗？"力灿惊讶地呆住了，大叔帮他拍了拍身上的尘土，接着抖了抖自己那件老旧的外套。力灿这才有机会仔细打量大叔的样貌：大叔长得非常帅气，有一头卷曲的头发和一双炯炯有神的大眼睛，还长着高挺的鼻子。这张脸看起来十分眼熟。力灿的脑海中突然闪过大胡子爷爷说过的话……

"今天你的老师就由牛顿来担任。"

这位大叔就是牛顿！这张脸和他曾经在伟人传记里看到的牛顿的照片一模一样。"天啊！居然可以亲眼见到牛顿！这肯定是场梦！"

力灿使劲地捏了一下自己的脸。

"哎呀，好疼！"好像不是梦。

牛顿看起来非常忙碌。他匆匆忙忙地走进巷子，左顾右盼打量了四周后，又急急忙忙地朝着某个地方飞奔而去。力灿跟在牛顿的身后跑着。牛顿每停下脚步时，总会拿起望远镜观察周围，有时候还会躲在柱子后面观察某个地方。

"听说牛顿还是位名侦探，这是真的吗？还是，他只是在玩侦探游戏而已？"力灿压抑不住自己的好奇心。

"牛顿叔叔，你在做什么？"

力灿的声音把牛顿吓了一跳。看来，他没有发现力灿一直跟在他身后。

"你还没走呀？你为什么要跟着我？还有，你怎么知道我叫牛顿的？"

"大胡子爷爷让我必须和牛顿老师见面，然后要一起解决问题……"

力灿的话还没说完，牛顿便开始发牢骚说："真是的！那个胡须老者又打开了人文教室。"

但是，他很快就接受了现实。

牛顿对力灿说："我现在正在埋伏，你安静地跟我来。"

"你不是科学家吗？"

"我当然是科学家。不过，最近被任命为铸币局的监管，现在正在执行重要任务。"

"铸币局是什么地方？"

力灿好奇地歪着头，并用好奇的眼神望着牛顿，看起来他还有很多问题想问。牛顿深深叹了口气，说："唉！看来今天就只能调查到这儿了。不管了，先回铸币局再说吧！"

铸币局位于伦敦塔。伦敦塔是一座用石灰岩打造、样子很像巨型城堡的建筑，位于泰晤士河北岸与河堤相邻的山丘上。

"这里是国家铸造货币的地方。贵金属的价值也在这里测定。"牛顿介绍说。

"钱！这里是铸造钱的地方？"

力灿惊讶得瞪大双眼。

力灿跟着牛顿参观了铸币局的各个角落，看到人们正把烧得火热的金属放入机器中，然后铸造出钱币。

力灿拿起钱币端详起来："天啊！是……是金币！这儿还有银币！"

这些只有在书中才能看到的金币和银币，现在居然就在眼前闪闪发光！因为惊讶与兴奋，力灿的双眼变得炯炯有神。

"只要有了这些，就可以变成有钱人了吧？"力灿自言自语道。

但牛顿将力灿手中的金币和银币放回原处，微微一笑并开口说道："别忘了，这些是国家的钱，不是你的。"之后，牛顿告诉力灿自己负责的工作。牛顿是铸币局里的监管人，负责铸造新的钱币。因为英国的旧钱币出现了很大的问题，而这些问

奇妙的人文冒险 牛顿的铸币局疑案

题都来自伪造金币和银币的伪币犯。伪币犯会制造假的金币或银币，并且将真的金币和银币切成小块儿，再一点儿一点儿地卖到国外。

因此，英国国内的金币和银币渐渐减少，甚至面临消失的危险。经过考虑后，国家终于决定铸造新的钱币，并将这项任务交给牛顿。

不过，即使政府铸造了新的钱币，过不了多久，这些钱币也会毁在伪币犯的手上，不能彻底解决问题。因此，身为铸币局监管人的牛顿，开始追捕伪币犯。

"我一定要抓到这些小偷！"

听到"小偷"二字，力灿的心突然"咯噔"一下。大概是"做贼心虚"，力灿想起自己曾打算和范修偷东西的事，他感到喉咙一阵干燥，忍不住干咳起来。

"咳咳！"力灿用力咳着，好不容易才恢复顺畅呼吸。牛顿指着墙上的布告栏说："你看那个，他们就是我们要缉捕的伪币犯。"

布告栏上贴着犯人的画像，每个人都长着一副凶神恶煞的模样。每张画像的下方都标示着悬赏金额。

牛顿表情凝重地瞪着那些画像。

"这些人之中，你觉得我最想

WILLIAM CHALONER
威廉·查洛纳

£50

因为能造出最精致的假币，而成为最臭名昭著的伪币犯。据说，他从小就知道伪造钱币的方法，拥有聪明的头脑和高超的沟通技巧，因此人们很容易被他欺骗。

{悬赏通缉}

PAUL
保罗

£20

{悬赏通缉}

抓的是谁？"

力灿连忙回答："查洛纳！"

这个问题其实非常简单，因为查洛纳的悬赏金额是最高的。

"没错！查洛纳是坏人中的坏人！我一定要抓到他！"牛顿握紧拳头，咬牙切齿地说。

等到怒气稍微平息之后，他看着力灿问道："对了！你愿意成为我的辅助搜查官，协助我进行调查吗？"

"哇！辅助搜查官？原本以为这种事只会出现在电视剧里呢……"力灿心想，绝对不能放过这绝佳的机会，于是高兴地大声喊道："好！我有信心可以顺利地完成这项任务！不过，我应该先做什么呢？"

身为辅助搜查官，抓到犯人的那一刻一定超级威风，力灿开始不停地幻想自己抓到犯人时的画面……

3. 间谍大作战

天一亮,牛顿和力灿便前往伦敦的大街小巷,搜查犯人可能藏身的各个隐秘角落。

然而,要找到很会躲藏的查洛纳并不是一件轻松的事。

"我能确定他一定在伦敦……"

牛顿看着手上的情报手册,这里的资料可都是他费尽千辛万苦才搜集到的。但直到现在,他们仍然一无所获,牛顿失望地摇了摇头。随着时间的流逝,牛顿的表情越来越急躁,而力灿的好奇心也越来越旺盛。

"查洛纳到底躲在哪里?他就是让英国充满假币的骗子?查洛纳到底是什么样的人?"

力灿曾经这么想:"如果可以随意制造钱币的话,不知道该有多好。"

不过,现在真的有两个人可以做到,这两个人就是牛顿和查洛纳。当然,这两个人制造的钱币大不相同。牛顿制造的是可以合法使用的真币，而查洛纳制造的是非法的假币。

这么说来，牛顿与查洛纳的这场对决，便可以说是真币与假币的胜负之争。

力灿想着现在查洛纳可能正躲在暗处，吐着舌头、扮着鬼脸嘲笑牛顿说："有本事来抓我啊！"

"牛顿可以抓住查洛纳吗？牛顿与查洛纳，究竟谁更厉害呢？"

牛顿确实是一位有能力的侦探。他对查洛纳进行搜捕，并开始发挥杰出的推理能力。

"查洛纳肯定在伦敦。但是，他会在哪里呢？我们先去找了他时常出没的小巷，但是，我觉得查洛纳说不定会出现在意想不到的场所。他可不是普通的犯人，他非常聪明，作风也和其他一般的罪犯不一样，说不定现在正光明正大地在街上走着。"

"意想不到的场所？那是什么地方？"

"像是一般人认为犯人绝对不会去的地方。"

"嗯……哪种地方是犯人讨厌的地方？有了！是不是警察局或法院之类的地方？"

"没错！说不定他就躲在离我们非常近的地方。"

"就是这样！俗话说得好，最危险的地方反而是最安全的地方。"

牛顿和力灿马上动身前往有众多国家机关的伦敦市区。牛顿已经让搜查官们埋伏在市区的各个角落，而牛顿和力灿两人也

3. 间谍大作战

在邻近警察局和法院的一家餐厅里进行埋伏。

"注意看从这里经过的每个人。目光要自然地看向街上的行人，但是必须仔细地观察他们。因为在这些行人之中，某个人可能就是查洛纳乔装的。"

"我知道了！"

力灿努力地睁大双眼，监视着经过的路人。

不知道过了多久，牛顿突然起身离开餐厅，并对力灿说道："力灿，你继续埋伏。我去附近巡逻一下。"

力灿心想，大概是埋伏的时间越来越长，牛顿大叔心情越烦闷，所以才想出去透透气吧！不过牛顿离开后，还不到 5 分钟，力灿便听到有人高声呼喊："抓住他！他是查洛纳！"

那是牛顿的声音。

力灿从餐厅的玻璃窗向外看，看见一名穿着得体的男子正拼命奔跑，而牛顿在他的后面追赶着。仔细一看，那名男子正是查洛纳！那就是画像上的那张脸！

正如牛顿所想，查洛纳果然跟普通的犯人不同，他居然穿戴整齐地在市区出没，因此没有人会想到，这名看起来像是绅士的男子，竟然是个通缉犯。

查洛纳朝着力灿所在的餐厅跑去，只要过了餐厅前的这条路，就是布满密密麻麻小巷子的住宅区，看来查洛纳是打算躲到住宅区里。要是让查洛纳跑进了那里，想再找到他就很困难了。

偏偏查洛纳又跑得特别快，再这样下去，恐怕要跟丢了。

"怎么办？绝对不能就这样坐视不管！"

力灿用力推开餐厅大门走了出来。查洛纳越来越接近了，但是，面对人高马大的查洛纳，力灿没办法用力气取胜。该怎么拦住他呢？

"算了！我不管了！"

力灿咬紧嘴唇，用力地握着拳头。然后，他突然把左腿伸到路上。情急之下，这是力灿唯一可以做的事。

"哎哟！"查洛纳的脚被力灿绊了一下，"咚"的一声，他跌了一跤，而力灿也一屁股跌坐在地上。

"抓住他！"牛顿扑向查洛纳，埋伏在四周的搜查官们一个个冲了出来。力灿这才松了口气。

好不容易抓到的查洛纳绝对没有想象中简单。面对牛顿的审问，他依旧理直气壮。

"拿出我做了这件事的证据啊！证据呢？"

查洛纳动不动就大声顶撞。

审讯结束后，牛顿终于忍不住发脾气了。

"第一次看到这么厚脸皮的人！怎么才能找到证据呢？根据我们国家的法律，伪币犯将被处以死刑，但是一定要有决定性的证据才行。"

"决定性的证据？是什么证据？"

奇妙的人文冒险 牛顿的铸币局疑案

3. 间谍大作战

"制造伪币时，会将金属烧熔后倒入模子中定型，那个模子就叫作'铸模'，只要找到那个就可以了。但是，那家伙不知道把东西藏在哪里。就在刚刚，搜查官们查到了查洛纳曾经居住的几个藏身处，并前往搜查，但是一无所获。一定要想个方法，让查洛纳告诉我们他把铸模藏在了哪里。"

就在这个时候，力灿突然想起几天前看过的电影中的情节。那是一部犯罪调查电影，其中有一幕描述的是派遣间谍搜集情报。

"要不要试试看'间谍大作战'呢？"

"间谍大作战？"

"没错！就是派遣间谍去搜集情报。至于方法嘛……"

监狱间谍大作战

我们需要决定性的证据。

试试间谍大作战吧！

间谍大作战？

罗森，你要混入监狱里，打听出铸模在哪里。

我知道了。

奇妙的人文冒险　牛顿的铸币局疑案

力灿想到的方法是"监狱间谍大作战"。这个方法是将一名间谍和查洛纳关在同一间牢房里，再借此搜集情报的策略。这个方法的成败全部掌握在间谍手上。间谍必须是个犯人没见过的陌生面孔，牛顿立刻决定了担任间谍的人选。

"新的搜查官罗森应该很适合。"

他立刻向罗森下达作战命令："罗森，我会把你关进查洛纳的牢房。你要假装自己是个被逮捕的新手伪币犯。这样一来，查洛纳便会放下戒心，接下来你要和他混熟，然后从他口中打探出铸模藏在哪里！"

"好的，我来试试看！"

"间谍大作战"就这样顺利展开了。

然而，查洛纳并未轻易说出铸模的下落。几天过去了，他们还是没有获得一直期盼的情报。

3. 间谍大作战

"查洛纳真的会告诉罗森铸模藏在哪里吗？"

时间就这样流逝着。在沉闷的等待时间里，力灿和牛顿开始聊天，牛顿跟力灿说了很多事。

"牛顿叔叔为什么会在铸币局里工作呢？您不是科学家吗？"

"因为铸币局的工作内容和科学有很大的关系。这次铸造的新钱币，里面藏着有趣的科学秘密。"

"什么秘密？"

"消灭伪币的方法之一，就是在钱币的边缘刻上细致的凹痕。伪造钱币时，很难连凹痕也一起制作。这样就可以轻松区分真币和假币。"

"那么，想出在边缘刻上凹痕的人就是你吗？"

"不！我不是第一个想到这个方法的人。这个方法是法国的铸币工人想到的，而且已经使用这个方法铸造出钱币。不过，我试着用新的方法制作出更难被仿造的钱币。"

"你为什么会有这种想法呢？"

"因为我从小就对钱很有兴趣啊！其实我的梦想是成为有钱人，我的家境并不好，所以我老是梦想成为大富翁。"

"哇！我们的愿望一模一样。我的愿望也是成为有钱人！"

力灿觉得牛顿更加亲切了，原来牛顿和自己有一样的想法，这让他觉得既高兴又神奇。

"那么，你的愿望算是实现了吧？"

"什么意思？"

"你不是在铸币局里制造数以万计的钱币，而且每天都可以尽情把玩这些钱币吗？这就是变成了大富翁吧！"

"原来如此，哈哈哈！"

爽朗大笑了一阵子后，牛顿突然露出认真的表情并低声说："但是，来到制造钱币的地方之后，我对金钱的想法改变了。我以前觉得，只要有很多钱，就一定能过上幸福的生活，但是在看过伦敦的有钱人如何生活后，我觉得有钱并不一定就是好事。待在这个地方，反而见到许多金钱带来的不幸。没有钱的人挨饿受冻，为了获取金钱不惜犯罪；但有钱也是个问题，兄弟之间为了钱而吵架的事件时常发生，而且为了更加富有，有钱人也会做出一些违法的事情。世界上真是没有比钱更可怕、更危险的东西了！"

尽管如此，力灿还是无法认同牛顿的话。

"就算是这样，我还是认为有钱很好。这样才能买想要的东西，可以住在漂亮的房子里。如果有家境不太好的朋友，还可以帮助他们。"

"你的想法也对，金钱确实有美好的一面，能帮助到很多人。我曾经在伦敦的街道上，看到一位富人对卖火柴的少女伸出援手，也曾见过大方地捐出一部分财产的人。"

"没错！在我生活的世界里，也有一位在全世界掀起话题的

3. 间谍大作战

富翁。他叫沃伦·巴菲特，是世界上数一数二的富豪。不过，他竟然宣布要将自己的大部分财产捐赠给社会。"

"真是一位了不起的人。金钱真是个奇妙的东西，不管到了谁的手上，外表都不会改变，但是不同的使用方法，却能使它创造出不同的价值。钱到了罪犯手上，会变成犯罪的证据；但到了慈善家手里，就会成为世界上最美好的礼物。"

"真的是这样！"

就在力灿用力点头附和的时候，"我打听到了！我打听到了！"外面传来一阵呼喊声，是罗森的声音。

"查洛纳说出藏铸模的地方了！"

4. 寻找铸模

"在哪里？"

牛顿用满怀希望的眼神看着罗森，因为这可是花了许多时间、好不容易才得到的情报，他实在是太期待了！

罗森的声音也难掩激动，他大声地说："我做到了！我打探到了！您知道我有多辛苦吗？为了得到他的信任，我可是用尽全力讨好他！不光要帮他做事，还得帮他按摩呢！"

罗森急切地想要先让牛顿知道自己的辛劳与努力，但牛顿对他的牢骚一点儿兴趣也没有，打断了罗森的话，高声问道："东西到底在哪里？铸模藏在哪儿？"

"查洛纳说了，铸模就在他被捕之前，最后藏身的建筑物里！他把铸模藏在建筑物的某个洞里。他是这么说的。"

罗森甚至还模仿了查洛纳的声音和动作。

"不管牛顿再怎么厉害，他也绝对找不到铸模。因为，他绝不会为了寻找铸模，去搜索那么空旷的房子，而且他绝对想不到

奇妙的人文冒险 牛顿的铸币局疑案

要搜索那样的地方！哈哈哈！"

牛顿和力灿同时疑惑地歪着头。

"这是什么意思？"

罗森提供的情报的确是非常重要的线索。不过，藏匿铸模的地点到底在哪里？

力灿丝毫没有头绪，脑袋里变得像迷宫一样复杂。"绝不会为了找到铸模而去搜索的地方……"

他越想越觉得烦躁。

"哎呀，这到底是怎么回事？结果还是不知道在什么地方嘛！"

4. 寻找铸模

不过,牛顿并未因此感到失望。

"他在被捕之前待的地方,是一栋铸造伪币的房子,已经被我们的搜查官找到了。那个地方是在距离伦敦约50千米远的郊区,好像有一个老头子负责看守。那栋建筑的具体位置在……"

陷入沉思的牛顿突然站起身来。

"去搜查那栋建筑就会找到答案了吧?一直呆坐在这里得不到答案。"

牛顿说得没错,力灿也赶紧站了起来。

"我也要一起去。"

"那么,你也要跟我一样变装。"

"为什么?"

"那个负责看守的老头子说不定知道我的长相。那些家伙很可能已经记住我们的搜查官或是我的长相了。就这样过去的话,他一定不会给我们开门。先变装一下,让他给我们开门,才可以顺利进行搜查。"

牛顿不愧是心思缜密的名侦探。

牛顿戴上假发和假胡须,改变了自己的样貌。力灿也戴上帽子遮住脸,还戴了一副黑框眼镜。变装之后,力灿觉得自己好像真的成了搜查官,内心不禁一阵激动。

力灿高高举起右手,大声说道:"寻找铸模,出发!"

查洛纳藏身过的建筑是一座老旧的仓库,四周几乎没有其

変装完成

4. 寻找铸模

他建筑物，是一个相当适合进行秘密工作的地方。牛顿一步步接近仓库，他的动作熟练、稳重。

四周是不是有其他人？是不是有人正在偷偷看着他们？牛顿一边用锐利的目光仔细地观察着四周，一边往仓库走去。最后，牛顿终于站到仓库门前，紧张地吞咽口水。接着，他缓缓地敲了敲紧闭的门。

过了好一阵子，门内才传来老头子的声音。

"是谁？"

牛顿的演技非常自然，他不紧不慢地说道："我是查洛纳先生派来的，请帮我开门。"

听到查洛纳的名字，老头子并没有任何回应。他一定感到非常讶异，怀疑他们是怎么认识查洛纳的，并且在心中思考各种可能的情况。

牛顿与力灿都很紧张。真的能瞒过老头子吗？

不久，门内再次传来老头子的声音。

"有什么事吗？"

老头子上钩了！牛顿用更加有自

奇妙的人文冒险 牛顿的铸币局疑案

信的声音回答道："查洛纳要我把伪造的钱币装在袋子里拿回去给他。快点帮我开门吧！"

老头子小心翼翼地说："门上有个洞，你把脸对准那个洞让我看看。"

"好像是想要确认我们的长相。"牛顿的推测果然没错，多亏事先乔装打扮了一番。确认来者的确不是牛顿之后，老头子这才转动门把手。

但是，他打开的只是一扇小门。老头子通过只看得到上半身的小门，再次仔细查看外面的状况。看到力灿，老头子或许觉得，连小孩都带来了，应该不是搜查官，马上露出安心的表情。

你再靠近一点儿！

牛顿拿出事先准备好的袋子，并自然地说道："请将钱币装进这个袋子。"

4. 寻找铸模

力灿立刻猜到了牛顿的计划。

"他想要拿假币当作犯罪证据。"

但是,老头子也不是个简单的角色。他露出坚决的表情,摆了摆手说道:"钱币没办法马上给你。我们内部也有负责打听和确认情报的组织,东西会在组织确认身份后交给你。明天同样的时间再过来一趟吧!"

牛顿的眼神看起来有些慌张,眼前的状况让他们无法进入。仓库里除老头子之外,不时还传来陌生男子的声音,可以确定的是,仓库内至少还有两个人。而且,如果在老头子面前露出破绽,查洛纳被关在监狱里的事就会跟着暴露,这么一来,为了掩盖犯罪的事实,老头子和其他人一定会守口如瓶,寻找铸模的任务也会变得更加困难。

"我知道了。我们明天再来一趟。"牛顿乖乖地离开了仓库。

"真的就这样回去了吗？"听到力灿无精打采的话，牛顿扑哧一笑。

"怎么可能？真正的作战现在才刚刚开始！我们必须埋伏在树林里。如果老头子开始动用组织的力量搜寻情报，那他们很快就会知道查洛纳被捕的事，而我们的假身份也会跟着曝光。如此一来，他们应该会迅速逃跑。"

"他们逃跑的时候，应该会带着铸模逃跑吧？我们等到那个时候，将他们一网打尽。"

"你说得对，的确有这个可能。但是，铸模被藏在连查洛纳本人都觉得很难找到的地方，万一搜查的时间越拖越长，查洛纳到时候可能会被无罪释放。因此，我们最好在组织搜集到情报前，就找到铸模。现在得加快步伐才行。"

"那我们现在该怎么做呢？"

"再过一段时间，搜查官们会来这里会合，在这之前，我们要在这里躲着。老头子刚刚说组织会开始行动，估计等一下他们应该会派人出来打探消息。那时门一定会打开，我们趁机一起溜进去就可以了！"

5. 暗号解除

　　不知道过了多久，力灿不停打着哈欠，他和牛顿这样静静蜷缩在树林中已经很长时间了，这让他感到全身酸痛，疲惫不已。但最令人无法忍受的是不断袭来的寒意，冬天刺骨的冷风让力灿不停地瑟瑟发抖。

　　仓库那头依旧毫无动静。

　　"搜查官们什么时候会到？老头子真的会让组织开始行动吗？我们俩要不要直接冲进去？"力灿有些不耐烦了。

　　牛顿却轻松地说道："搜查没有那么简单，必须懂得忍耐，等待最佳时机。"

　　"如此辛苦的等待，究竟要持续到什么时候？"力灿越来越讨厌查洛纳了！让他这么辛苦，不都是因为查洛纳制造伪币吗？

　　不过，做尽坏事的查洛纳真的赚了很多钱吗？

　　"牛顿叔叔，查洛纳应该赚了很多钱吧？他应该变得超级有钱了，对吧？"

牛顿点点头说："他当然赚了很多钱。听说他拥有好几幢大房子，过着奢华的生活。"

"真的吗？"

"怎么了？你羡慕他吗？"

"没……没有！"力灿涨红了脸，因为听到查洛纳成了有钱人，他一时有点心动。

牛顿微笑着说："你不必羡慕他，通常越容易赚到的钱，就越容易被花掉。查洛纳四处乱花钱的传闻也很多，不久前他已经将钱都花光了，甚至还欠下了债。所以，他才会又开始制造起伪币，想要再大赚一笔。"

"他把钱都花光了？唉，真可惜！"

"诈骗犯这类罪犯都是这样，靠着欺骗他人赚取钱财，又轻易把骗来的钱花光，然后再去诈骗别人！虽然没有钱会很不方便，但他们不知道，用不正当的方式赚钱，最后只会害到自己。"

牛顿说完这句话，便叹了口气，好像有许多感触。

看着这样的牛顿，力灿不禁心生疑惑。问道："你是怎么认识大胡子向导的呢？"

牛顿陷入了回忆。

"遇见胡须老者的时候，我满脑子想的都是钱。那时我想继续读书，却没有多少钱。正好由于某些原因，身上突然有了一点儿钱，我便打算用那笔钱赚到更多的钱，因为我不想在读书的时

5. 暗号解除

候还要烦恼钱的事情。"

"然后呢？你成功赚到更多钱了吗？"

"我把钱借给朋友并收取很高的利息，收入还算不错。"

"你收取很高的利息？这样不太好吧？"

"没错！这的确不是件好事。而且我因为只想着钱，不知不觉便觉得钱比朋友更重要了。然后，朋友们开始疏远我，结果我就变成了一个孤单的人。"

"唉，怎么会这样！你一定很伤心吧！"

力灿对牛顿的悲伤感同身受，这就和自己因为没有钱，而不能跟同学们一起去吃比萨一样。

力灿很好奇，牛顿是如何排遣寂寞的呢？

"那时我偶然遇见胡须老者,从他身上学到了特别的一课。遇见他之后,我就不再做那种事了。"

"他教了你什么?"

"秘密!这可是我专属的回忆。"

"怎么这样啊!牛顿叔叔,告诉我嘛,好不好?"

正当力灿抓着牛顿的手臂,不停死缠烂打的时候。

"嘘!门打开了!"

牛顿用一只手捂住力灿的嘴,而力灿也马上低下头并躲进树丛中。然后,他们将眼睛周围的草拨开,确保视线不被遮挡。

仓库的门缓缓打开,两个男子走了出来。

5. 暗号解除

刚好搜查官们也正在悄悄接近仓库。

就是现在!

牛顿突然站了起来,朝着搜查官们大喊:"上啊!"

搜查官们全都朝着仓库跑去,速度快得让那两个男子来不及反应。搜查官们穿过那扇开启的门,快速进入了仓库。他们对着牛顿比了个手势,牛顿便紧跟着到了仓库里面。当然,力灿跟在他们身后。

牛顿用洪亮的声音在仓库里高喊:"找出铸模!任何角落都不许漏掉!"

牛顿的命令让搜查官们加快了速度。

但是,大家查看了仓库的每个角落,也没有发现铸模的踪影。家具间的缝隙、地板上的坑洞、窗口……搜查官们翻遍了各处,但就连疑似是铸模的东西都没有看到。大家渐渐面露疲惫之色,而在一旁静静看着一切的老头子,嘴角浮现出轻蔑的笑容,他的眼神仿佛在说:"你们绝对找不到!铸模可是藏在你们想象不到的地方呢!"

老头子越是如此,牛顿越是气得咬牙切齿。

"一定要找到!再仔细搜!"

力灿也焦急万分,不过越是如此,越要努力保持冷静。

"越是这种时候,越要保持冷静。如果慌张或着急,会连眼前的东西都看不清楚。再次想想查洛纳说过的话吧!查洛纳曾经

找出铸模！

说过东西藏在一个洞里！而且是我们绝不会为了要找出铸模，而去搜索的地方！那究竟哪里是绝对不会去翻找的地方？"

力灿开始东张西望，最后目光停在室内的一角，他的脸上浮现出笑容。

"牛顿叔叔，这里！在这里！"

力灿一边大喊，一边指着墙边的老旧壁炉。老头子看见力灿的指尖指向了壁炉，脸色瞬间惨白，就好像是一张白纸。他的表情已经说明了一切。

奇妙的人文冒险　牛顿的铸币局疑案

5. 暗号解除

"没错!肯定在那里。赶快找找看!"

搜查官们一窝蜂地跑了过去。不久,传出一阵欢呼声。

"找到了!铸模就藏在壁炉里!"

搜查官从满是煤灰的壁炉里拿出铸模,上面沾满了污渍。

老头子顿时无力地跌坐在地上,牛顿则灿烂地笑着,露出雪白的牙齿。

牛顿看了看从煤灰中找出的铸模,又看了看力灿,接着开口说道:"哇!太厉害了!你到底是怎么知道的?"

力灿耸耸肩说:"仔细想想,自然就知道答案了。现在不是冬天吗?"

"冬天?对啊,是冬天,但冬天又怎样呢?"

"在冬天,只要是有人居住的地方,就一定会使用壁炉。但是,我一进到这个地方,就觉得非常冷。一开始,我还以为是因为这里没有壁炉,不过仔细一看,这里有一座大壁炉,但是为什

么不使用呢?"

"啊哈!原因只有一个,那就是铸模藏在里面!"

"没错!查洛纳所说的'建筑物的某个洞里',指的就是壁炉。"

6. 查洛纳的结局

终于到了审判日。

"我没有犯罪！我从来没有制造过伪币！"

查洛纳不但不肯承认罪行，而且不断撒谎。

但是，这一切都是徒劳的，因为法庭上已经有许多证人等着揭露查洛纳的罪行。

"查洛纳曾经向我炫耀，说他打造了可以制造伪币的铸模。"

"我曾听他说过，只要四五个小时，就可以做出能制造假币的铸模，而且做的假币跟真币一模一样。"

"我曾亲眼看到，他把银币又切又刮，然后将刮下来的银屑熔化后，倒入铸模做成新的钱币，再进行贩卖。"

证人们就这样你一句、我一句地说个不停。

尽管如此，查洛纳仍拒绝承认自己的罪行，不断朝着牛顿大吼大叫："这些都不是真的！我绝对没有做过这些事。拿出证据来呀！证据！"

牛顿用力咬了一下嘴唇后说:"呈上铸模作为证物!"

终于到了呈上证物的这一刻。关键证据——铸模的出现,让查洛纳束手无策。

查洛纳的脸色瞬间变得苍白,用发抖的声音说:"那……那个怎么会……"

接着,当看守仓库的老头子也出现在证人之列时,查洛纳马上惊讶得连嘴巴都合不上了。

"我看过查洛纳用这个铸模制造伪币。我只是帮忙藏铸模而已,这一切都是查洛纳指使的,我没有罪!"老头子理直气壮地说。

老头子居然将所有的责任都推到查洛纳身上,查洛纳立刻生气地大吼大叫:"在乱说什么啊!是那个老头子做的,我什么都不知道。这一切都是那个糟老头子做的!"

两名罪犯互相推脱的样子,让在场的人皱起了眉头。看着内心丑陋的这两个人,牛顿不以为然地说:"所有的坏人都是这样,只要事迹败露,就总是想尽办法将责任都推到别人身上,唉!"

终于,判决结果出炉了。

"查洛纳有罪!处以绞刑!"

当判决宣布的瞬间,力灿的心怦怦跳个不停,感觉有些恐慌。

6. 查洛纳的结局

"如果那个时候，我没有遇到大胡子爷爷，会发生什么事呢？应该会和范修哥一起偷东西吧？说不定会被抓进警察局。就算运气好没有被发现，最后的下场也一定不会好到哪里去。唉！再怎么想要钱，偷钱或用非法的手段赚钱也是不对的，我可不能因为这只是小小的偷窃，就觉得没有关系，这样以后我一定会犯下更多的罪行，变成罪无可赦的坏人吧？就像查洛纳一样……"

力灿仿佛站在悬崖边上，冒出一身冷汗。

"真的好险呀！呼！"

力灿安心地吐了口气。牛顿拍拍他的肩膀，说道："赚钱很重要，想买到需要的东西，就需要钱。查洛纳也是为了赚钱才会做出这种事。但是不要忘了，怎么赚到钱也很重要，不可以不择手段地赚钱，可不要像查洛纳一样啊！查洛纳其实是个非常聪明且思维清晰的人，如果正正当当地赚钱，也不至于落到这种地步。而且如果他用正当的方式赚钱，就会懂得珍惜自己辛辛苦苦赚到的钱。"

力灿望着牛顿用力地点了点头，牛顿的脸上露出微笑。那抹微笑像是在对力灿说："我理解你的心情。我就是在这样的时候与大胡子向导相遇的，并学习了和你的经历相似的一课。"

这时，罗森突然跑了过来，在牛顿的耳边悄声说道："伪币犯保罗出现了！"

保罗？保罗也是出现在那些通缉犯画像中的名字之一。

6. 查洛纳的结局

牛顿突然站起身冲出法庭,命令在法院门口待命的搜查官:"出动!去逮捕保罗!"

追捕犯人的任务再次展开,牛顿也开始跟着搜查官一起奔跑。

"我也要一同去!"

力灿跟在后面跑了过去。逮捕到查洛纳后,他充满了自信。

"保罗!你等着!我一定会亲手逮捕你!"

但是好奇怪,跑着跑着,眼前的景象却越来越模糊,四周就好像被蒙上了一层雾,牛顿和搜查官的身影像被风吹走的沙子

奇妙的人文冒险 牛顿的铸币局疑案

一样渐渐消失。力灿慌张地四处张望,大声呼喊:"牛顿叔叔!你在哪里?"

牛顿并没有回答他,不过耳边传来熟悉的声音。

"问题圆满地解决了!现在该回去了!"是大胡子爷爷的声音。

眼前出现了一扇熟悉的门。嘎吱!门开启时发出尖细的声响,力灿被吸进门内。

7. 不寻常的一课

"砰"的一声,耳边传来关门的声响。力灿回过神一看,发现自己在正常文具店里。

"我回来了!"

力灿将信将疑地瞪着双眼打量四周,发现一切都回到了他原本生活的世界,回到了他的心怦怦跳得厉害的那个瞬间——大胡子爷爷依然在沉睡,旁边还有正在把风的范修。

"嘘!快点儿把钱拿出来!"范修皱起眉头催促着力灿。

力灿突然明白自己刚刚经历了一场奇妙的冒险,现在回到原处了。

"让我经历了这么特别的旅程,这背后一定有什么原因。没错!大胡子爷爷和牛顿一定是不想让我误入歧途,为了钱而犯罪。他们一定是想要阻止我变成和查洛纳一样的人,所以才会出现在我眼前。"

不能让大胡子爷爷和牛顿的努力白费,我绝对不可以变成

奇妙的人文冒险 牛顿的铸币局疑案

小偷!

力灿坚定地握紧拳头,向范修摆了摆手并大声喊道:"不可以!绝对不可以!"

力灿的声音坚决而洪亮,把大胡子爷爷吓得从睡梦中惊醒。

范修看见大胡子爷爷醒了,便立刻从文具店夺门而出。

"可恶!我绝对不会放过你!"

范修朝着力灿的方向挥了好几下拳头,之后马上消失得无影无踪了。

大胡子爷爷一脸茫然,搞不清楚是怎么回事。

7. 不寻常的一课

他露出疑惑的表情,说道:"你到底在说什么?"

力灿离开正常文具店,朝着学校图书馆跑去。有件事他一定要好好确认。

一到图书馆,力灿便从书架上的书中拿出牛顿的传记。

"不知道牛顿后来怎么样了?逮捕查洛纳之后,他还继续留在铸币局里工作吗?"

力灿急忙翻开书页。

> 牛顿逮捕了查洛纳,又成功完成制造新钱币的任务,因为功劳卓越,被任命为铸币局局长。牛顿身为科学家的功绩受世人肯定,还荣升铸币局局长,最后成为一位大富翁。

"这果然是个非常适合牛顿的结局啊!"力灿的脸上绽放出灿烂的笑容。正当他高兴地合上书时,却听到一阵刺耳的呼喊。

"喂!臭小子!你到底是怎么搞的啊?"

奇妙的人文冒险 牛顿的铸币局疑案

是范修！他满脸通红、气喘吁吁，看来是跟着力灿跑来图书馆的。

不过力灿也非常理直气壮，露出自信的微笑并温柔地说："范修哥，你看啊！牛顿变成富翁，并且一直过着幸福快乐的日子。牛顿说得对，虽然钱很重要，但更重要的是'如何赚钱'。眼里只看得到钱的查洛纳，最后被处以绞刑，而为国民服务的牛顿，反而变成有钱人。"

范修有点慌张，问道："你到底在说什么？可恶，真的是疯了！明天你再来文具店一趟。如果又失败了，我绝对不会放过你。"范修瞪着双眼大声吼道，说完就边发着牢骚，边走出图书馆。

力灿看上去完全没有被吓到，若无其事地将书放回书架。突然，他好像想到了什么，脸上露出了微笑，喃喃自语道："大胡子爷爷，明天的学生就是范修哥了。拜托您好好帮他上一课！"

大胡子爷爷的
人文课程

- 伟大历史人物的小传
- 货币发展小史
- 培养思维能力的人文科学

奇妙的人文冒险　牛顿的铸币局疑案

伟大历史人物的小传

科学家牛顿与危机中的英国

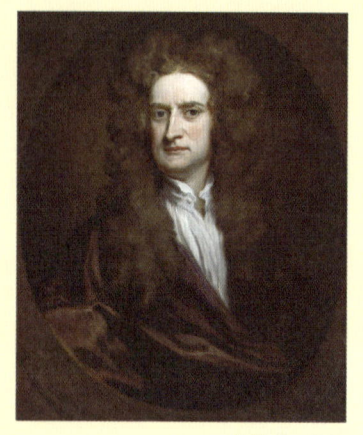

牛顿诞生于英国一个名为伍尔索普的乡村。不幸的是，牛顿的童年是孤苦的。在牛顿出生的3个月前，他的父亲便去世了，后来母亲因为再婚而离开牛顿，将牛顿托付给他的外祖母抚养。

支撑牛顿度过这段孤独童年的，便是他对试验、研究与发明的好奇心。

艾萨克·牛顿

在科学方面拥有杰出才能的牛顿，1661年进入剑桥大学就读，正式踏上成为科学家的道路。

此后，牛顿全心投入科学研究，在世界科学史上留下了卓越的功绩。牛顿在1687年编写并出版了《自然哲学的数学原理》一书，提出了万有引力定律；1704年又出版了《光学》，内容是他研究光与色彩后提出的理论，这本书也被认为是世界科学史上最耀眼的成就之一。

伟大历史人物的小传

不过，牛顿并不只是一位科学家。1696年，牛顿离开几乎待了一辈子的剑桥大学，成为英国铸币局的监管人。牛顿之所以会成为铸币局监管人，是因为当时一封来自英国财务长官的信。财务长官在信中询问牛顿如何解决伪币难题。

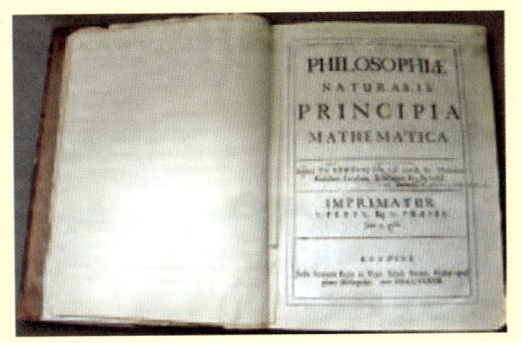

《自然哲学的数学原理》

当时，英国政府正因为伪币问题而头痛。英国主要用金币与银币进行商业交易，因此他们在铸造钱币时使用了大量的金块与银块，金、银的资源便逐渐减少。而更大的问题是伪币的出现。伪币犯将真正的钱币裁切成小块分散贩卖，或制造假的钱币，让真的钱币越来越少。

英国政府因此感受到钱币改革的必要性，并开始寻找可以成功推动这项重大工程的人选。最后，英国政府选择的人就是牛顿。

为什么英国政府会想到将这项任务托付给科学家牛顿呢？

名侦探牛顿与伪币犯查洛纳

英国政府决心推动钱币改革，为此曾向很多学者寻求帮助，

奇妙的人文冒险　牛顿的铸币局疑案

询问他们怎么做才能解决英国的钱币问题。牛顿就是这些学者中的一位，而他的提议让英国政府最满意。

牛顿想出了各种方法，其中最引人注目的就是改善钱币的铸造方法。牛顿想要制作出不容易被模仿的钱币，这样制造伪币的人就很难再生产，市场上流通的伪币自然就会减少。而牛顿提出的铸造方法，就是在钱币边缘刻上文字，或是刻上凹凸不平的纹路。当然，边缘凹凸不平的钱币在此之前已经出现。一位名为尼古拉斯·布里奥特的法国铸币工人，早在1620年就已经研发出在钱币边缘刻上凹凸纹路的铸造技术。尽管如此，伪币还是一直出现，无法完全消失，因此牛顿想了另一种全新的铸造方式，

以前的英国铸币局就在伦敦塔

制造出重量、纯度与形状都一样的钱币。

被任命为铸币局监管的牛顿，依照计划开始新钱币的铸造工作。不过，英国铸币局的监管还有另一项任务，那就是扮演警察的角色，搜寻证据，将制造伪币的坏人绳之以法。

牛顿在铸币局工作时铸造的钱币

当时，最恶名昭著的是一个叫威廉·查洛纳的伪币犯。长期犯罪的查洛纳态度非常傲慢，居然恬不知耻地对英国铸币局说："我比铸币局更厉害！我造出的钱币更好！"不仅如此，他还四处散发假币，嘲笑英国铸币局与牛顿。这让铸币局与牛顿非常生气，因此牛顿下定决心，一定要逮捕查洛纳。

但是，想要逮捕查洛纳并不是一件简单的事。牛顿和查洛纳就像猫与老鼠一样，持续进行了两年的"你追我跑"。不过，在这两年的时间内，牛顿在追击查洛纳的同时，也搜寻到许多可以证明查洛纳有罪的证据和证人。最后，牛顿终于在伦敦逮捕了查洛纳，成功地让他站在法庭上接受审判。

在那个年代，英国政府会对伪币犯处以绞刑，那是一种非常可怕的刑罚。如果想要将犯人定罪，就必须提供非常充足的证据。也就是说，如果要将查洛纳送进大牢，牛顿就需要找到关键性的证据——制造伪币的铸模，才能证明查洛纳有制造伪币的罪行。不过，牛顿最终还是没有找到查洛纳使用的铸模（故事中

奇妙的人文冒险　牛顿的铸币局疑案

找到铸模的描述，只是为了情节需要而编造的桥段）。虽然如此，查洛纳仍难逃绞刑的惩罚，因为牛顿找到的证据和证人的证词，已经足以将他定罪。

查洛纳落网后，牛顿又逮捕了许多伪币犯，他也因此被称为名侦探。基于这份功劳，牛顿高升为铸币局局长，在铸币局奉献了30年的岁月。

位于威斯敏斯特教堂内的牛顿之墓

钱币改革的成功

在牛顿担任铸币局监管前，英国已经为钱币改革做出了各种努力。因为伪币越来越多，英国议会便在1696年1月做出了一项重要决定：专门制定法案，全面禁止国民使用边缘缺损的老旧钱币。

英国国民在得知拥有的钱币无法使用后，抱怨连连。不过时间一久，在英国国内便只能看到新钱币。伪币消失与新钱币的使用，终于让英国的钱币体系恢复正常。

此后，英国崛起成为世界金融中心。直到今天，人们还是习惯在英国的国名前加上金融大国的称号。钱币改革对英国的崛起发挥了举足轻重的作用，而为英国钱币改革贡献最多的人之一就是艾萨克·牛顿。

奇妙的人文冒险　牛顿的铸币局疑案

货币发展小史

在人类世界里，货币是非常重要的工具，因为所有的商业交易都建立在货币的基础上，很难想象没有货币的世界会是什么模样。人类究竟是从什么时候开始使用货币的呢？货币又是如何改变人类世界的？

现在就让我们一起来看看，货币的发展过程，给人类世界带来怎样的影响。

以物易物的时代

在遥远的原始社会，人们不需要货币。因为原始社会是自给自足的社会，人们需要的东西都由自己生产、制作。随着生产能力慢慢提高，社会中出现了许多吃不完、用不完的物品，这样人们就将自己部族多出来的物品如粮食给予其他部族，同时从对方部族获取自己需要或缺乏的物品，这样的交换模式叫作以物易物。

随着社会的发展，人们生产的物品种类变得越来越多，可以交换的物品种类也跟着变多，以物易物的过程就变得越来越复杂！

举例来说，可能会出现以下状况：

有个人想要横渡非洲的坦噶尼喀湖，于是他就需要一艘船；但是，船的主人告诉他，得用一只象牙来交换船；而这个人并没有象牙，于是他便去拜访了拥有象牙的人；但象牙的主人跟他要棉花，于是他只好去找有棉花的人；棉花的主人想要铁丝，幸好这位想要渡湖的人有一些铁丝。他便用铁丝换到了棉花，接着再用棉花交换了象牙，最后终于将象牙交到船的主人手上，成功换到一艘船。

实物货币

当以物易物的过程变复杂后，人们便开始苦恼。

奇妙的人文冒险　牛顿的铸币局疑案

"有没有更简单便利的方法？"

于是便出现了实物货币，用来购买其他商品。人们在众多的物品中，约定以人人需要的盐、贝壳、家畜和谷物等实物，当作钱币来使用。这些特定的物品可以用来交换各自所需要的东西，也可以用来交换物品所代表的价值。

贝壳货币

随着实物货币的日渐发达，人类社会慢慢出现变化。在以贝壳当作钱币的地区，所有人都想获得大量贝壳。因此佩戴重达13千克的贝壳项链是件令人骄傲的事；相反，无法拥有这种项链的人，自然会羡慕那些戴着贝壳项链的人。此时，社会上就产生了拥有大量贝壳的富人和拥有较少贝壳的穷人。

而在把盐当作钱币的奥地利哈尔斯塔特地区，也出现了类似的贫富变化。在当地，寻找并开采盐矿是很重要的工作，因此，拥有盐矿开采权的人便成为矿山的主人，而其他人则成为开采盐矿的奴隶。

一起生产、一起分享的原始社会生活方式就此瓦解，并且产生了拥有较多资源的强者和拥有较少资源的弱者。

青铜铸币

实物货币活跃了很长一段时间。不过，实物货币也有不便的地方。例如，在运送途中，如果遇到下雨，盐就会溶化而无法使用；如果不小心，贝壳就很容易被摔破。

为了解决实物货币的问题，人们不断寻找更加便利的材料，最后想到了不容易溶化、也不会轻易破损的金属。金属钱币通常以铁、铜、锡、金、银等金属打造，铁、金或银除不会轻易破损外，也不像谷物一样容易腐烂，更不会像家畜一样有寿命的限制，比实物钱币便利很多。

从前的实物货币没有统一的重量或样式，但在金属钱币出现后，人们开始制造大小、重量与样式相同的钱币。因为需要制造一模一样的钱币，所以使用来计量长短、容积、轻重的度量衡也跟着发展起来。

古代波斯的金币

不过，便利的金属货币也开始出现问题。以金币或银币为例，人们总是需要通过很复杂的程序才能确认钱币是否为真金、真银。此外，大量开采金、银矿会导致矿源渐渐枯竭，使人类越来越

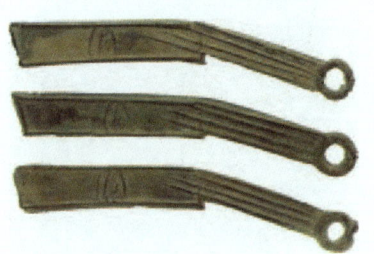

中国春秋战国时期使用的青铜钱币——刀币

奇妙的人文冒险　牛顿的铸币局疑案

难获取金银。

为了弥补这些缺点，人们就制造了与现代硬币外形类似的铜钱。古人将金属熔化后，倒入模具，制作出相同重量、形状的铜钱。由于铜钱的重量比金、银币轻，所以无论是保管还是搬运，都变得更加轻松，制作铜钱时所需费用也低于金币和银币，这样人们就开始大量铸造钱币了。

纸币与银行券

比铜钱更轻便的钱币，就是用纸制成的纸币。

交子（左）与瑞典发行的世界上第一张银行券（右）

货币发展小史

历史上最早"正式"发行纸币，是在中国的北宋时期。当时出现在中国四川地区的交子是世界上最早使用的纸币。交子可以兑换成与面额等值的金属钱币，也可以流通。

随着商品交易日渐发达，人们越发觉得携带金属钱币非常不方便，不但很累，而且容易被抢劫。因此，就出现了可以托管钱财与发行存款证明的银行。

银行所发行的银行券，也在这个时期出现。世界上最早的银行券，是瑞典于1661年发行的纸币。不过，这种纸币仅在市场上短暂流通过一段时间。因此，英国于1694年发行的英格兰银行券被普遍认为是现代纸币的"始祖"。

许可英格兰银行的设立

富豪的诞生

银行与钱币的发展，造就了很多拥有大量财产的富豪，如美第奇家族和罗斯柴尔德家族，都是历史上著名的富豪世家。

15～16世纪，最具代表性的是豪门世家美第奇家族，原本只是意大利中部佛罗伦萨共和国一个普通的中产家庭，后来因为

73

经营银行业，累积了许多财富。直到18世纪中叶，美第奇家族都是当时世界上数一数二的超级豪门家族。

罗斯柴尔德家族则是在神圣罗马帝国的犹太人居住区发迹的，原本只是世代从商的商人家庭，而后在欧洲各地设立银行，最终成为世界级的富豪家族。

这些富豪中最受瞩目的是美第奇家族，被誉为开启文艺复兴的重要推手。

美第奇家族赞助了许多贫困的艺术家，并且在学术和科学的发展上也投入了大笔资金。当时由美第奇家族主导的各种文艺政策，也成为文艺复兴在佛罗伦萨地区发端的契机。

现今，许多富豪、企业家像美第奇家族一样，在努力促进社会发展，比尔·盖茨和沃伦·巴菲特是其中具有代表性的人物。他们都是白手起家成为富翁的，并将努力累积的财富奉献给人类社会。

曾有记者问巴菲特为什么要捐出财产，当时他的回答令全世界感动万分："我不打算留给我的子女大笔财产。因为给他们一笔不用工作也能富裕度过一生的钱财，反而会毁了他们的人生。我想尽我所能去帮助那些不曾受到帮助与恩惠的人，我认为这才能让我的财产变得更有价值，因为比起赚钱，怎么花钱才是一件更加困难的事。"

信用卡与电子货币

在现今社会，只需要一张卡片就能轻松完成交易，而且通过银行账户进行交易的情况也非常普及。

信用卡、银行账户交易等，都是计算机发展所带来的改变。信息系统让钱币有了非常大的变化。如今，我们就算没有携带钱币，也能买到东西，这是因为有电子货币。我们现在也正处在大量使用电子货币的时代。

今后货币的发展还将发生更剧烈的变化。在未来社会，或许信用卡与纸币会全都消失，或许所有人都将只用计算机与手机进行消费、买卖等，而且那样的时代说不定就快要来临了！

本书部分情节与插图为作者想象与创作，或与史实有出入。

培养思维能力的人文科学

1. 力灿觉得自己是因为穿破旧的运动鞋而在跑步时输给了同学,是因为用老旧的蜡笔而画不出好作品。他相信只要用钱买了新的学习用品,就一定可以做得更好。真的是这样吗?你觉得呢?请写下你的想法。

奇妙的人文冒险　牛顿的铸币局疑案

2. 当力灿和范修正要偷钱的时候，力灿遇见了大胡子爷爷，并回到过去与牛顿经历了一段特别的旅程。但是，请你想一想：如果没有发生这些，而力灿就这样偷了东西，那么会发生什么事呢？把你想到的写下来。

3. 查洛纳靠铸造伪币赚到大笔财富，但是他不仅没有变成富翁，反而一下子就把钱全花光了！接着他又开始了铸造伪币的罪行。想一想，查洛纳为什么无法成为有钱人？他又为什么没办法停止犯罪呢？请写出你的想法。

4. 牛顿说:"赚钱很重要,想买到需要的东西,就需要钱。查洛纳也是为了赚钱才会做出这种事。但是不要忘了,钱是怎么赚到的也很重要。"你对牛顿的这段话有什么想法呢?请写下来。

未来，属于终身学习者

我们正在亲历前所未有的变革——互联网改变了信息传递的方式，指数级技术快速发展并颠覆商业世界，人工智能正在侵占越来越多的人类领地。

面对这些变化，我们需要问自己：未来需要什么样的人才？

答案是，成为终身学习者。终身学习意味着具备全面的知识结构、强大的逻辑思考能力和敏锐的感知力。这是一套能够在不断变化中随时重建、更新认知体系的能力。阅读，无疑是帮助我们整合这些能力的最佳途径。

在充满不确定性的时代，答案并不总是简单地出现在书本之中。"读万卷书"不仅要亲自阅读、广泛阅读，也需要我们深入探索好书的内部世界，让知识不再局限于书本之中。

湛庐阅读 App: 与最聪明的人共同进化

我们现在推出全新的湛庐阅读 App，它将成为您在书本之外，践行终身学习的场所。

不用考虑"读什么"。这里汇集了湛庐所有纸质书、电子书、有声书和各种阅读服务。

可以学习"怎么读"。我们提供包括课程、精读班和讲书在内的全方位阅读解决方案。

谁来领读？您能最先了解到作者、译者、专家等大咖的前沿洞见，他们是高质量思想的源泉。

与谁共读？您将加入到优秀的读者和终身学习者的行列，他们对阅读和学习具有持久的热情和源源不断的动力。

在湛庐阅读 App 首页，编辑为您精选了经典书目和优质音视频内容，每天早、中、晚更新，满足您不间断的阅读需求。

【特别专题】【主题书单】【人物特写】等原创专栏，提供专业、深度的解读和选书参考，回应社会议题，是您了解湛庐近千位重要作者思想的独家渠道。

在每本图书的详情页，您将通过深度导读栏目【专家视点】【深度访谈】和【书评】读懂、读透一本好书。

通过这个不设限的学习平台，您在任何时间、任何地点都能获得有价值的思想，并通过阅读实现终身学习。我们邀您共建一个与最聪明的人共同进化的社区，使其成为先进思想交汇的聚集地，这正是我们的使命和价值所在。

CHEERS

湛庐阅读 App
使用指南

读什么
- 纸质书
- 电子书
- 有声书

怎么读
- 课程
- 精读班
- 讲书
- 测一测
- 参考文献
- 图片资料

与谁共读
- 主题书单
- 特别专题
- 人物特写
- 日更专栏
- 编辑推荐

谁来领读
- 专家视点
- 深度访谈
- 书评
- 精彩视频

HERE COMES EVERYBODY

下载湛庐阅读 App
一站获取阅读服务

뉴턴의 돈 교실（The Money Class of Newton）

Copyright © 2017 by Lee Hyang-An & Yun Jee-Hoe

All rights reserved.

Translation rights arranged by SIGONGSA Co., Ltd. through May Agency and Chengdu Teenyo Culture Communication Co., Ltd.

Simplified Chinese Translation Copyright © 2022 by Cheers Publishing Company.

本书中文简体字版经授权在中华人民共和国境内独家出版发行。未经出版者书面许可，不得以任何方式抄袭、复制或节录本书中的任何部分。

著作权合同登记号：图字：01-2022-6822号

版权所有，侵权必究
本书法律顾问　北京市盈科律师事务所　崔爽律师

图书在版编目（CIP）数据

奇妙的人文冒险. 牛顿的铸币局疑案 /（韩）李香晏著；（韩）尹智会绘；庄曼淳译. -- 北京：中国纺织出版社有限公司，2023.5

ISBN 978-7-5229-0087-2

Ⅰ.①奇… Ⅱ.①李… ②尹… ③庄… Ⅲ.①儿童故事-图画故事-韩国-现代 Ⅳ.①I312.685

中国版本图书馆CIP数据核字（2022）第226455号

责任编辑：刘桐妍　责任校对：高　涵　责任印制：储志伟

中国纺织出版社有限公司出版发行
地址：北京市朝阳区百子湾东里A407号楼　邮政编码：100124
销售电话：010—67004422　传真：010—87155801
http://www.c-textilep.com
中国纺织出版社天猫旗舰店
官方微博 http://weibo.com/2119887771
北京盛通印刷股份有限公司印刷　各地新华书店经销
2023年5月第1版第1次印刷
开本：710×965　1/16　印张：30.75　插页：5
字数：220千字　定价：239.90元

凡购本书，如有缺页、倒页、脱页，由本社图书营销中心调换